PÉTITION

A Messieurs les Pairs

ET

A MESSIEURS LES DÉPUTÉS.

LONS-LE-SAUNIER,

IMPRIMERIE DE FRÉDÉRIC GAUTHIER.

1844.

PÉTITION

A Messieurs les Pairs et

A MESSIEURS LES DÉPUTÉS.

1845

MESSIEURS LES PAIRS,

MESSIEURS LES DÉPUTÉS,

J'ÉTAIS en pays étranger, à une époque de ma vie déjà bien avancée, avec mes enfants parvenus à l'âge d'apprendre à lire. A défaut d'autres maîtres, je me décidai à être leur instituteur ; mais je voulus essayer de savoir s'il n'y aurait pas quelques moyens d'épargner à mes élèves ces ennuis, ces dégoûts et surtout ces contradictions qui, depuis des siècles, sont le tourment de l'enfance. Insensiblement mes idées s'élargirent, et les difficultés connues, je cherchai les moyens de les vaincre. Mes succès furent heureux; mais malgré ces succès et les félicitations de quelques compatriotes auxquels je confiai, pour leur propre usage, mes cahiers manuscrits et encore informes, je n'aurais très vraisemblablement jamais pensé à publier mes idées, si les évènements politiques ne m'eussent pas ramené en France : je m'en occupai alors, et j'y consacrai tout mon temps en y sacrifiant d'autres intérêts. A cet effet, je fis fondre tout exprès, à Paris, des caractères d'imprimerie appropriés à mon système, et ce fut en m'occupant ensuite de la composition typographique de mon livre que j'appris qu'il existait une Commission d'instruction publique composée de savants distingués. Je n'eus rien de plus pressé que de lui soumettre mon ouvrage, sous le titre de *Cours pratique et progressif de lecture élémentaire ;* mais ce fut à simple titre d'hommage respectueux ; car, arrivant récemment de l'étranger, j'étais ignorant sur bien des choses, et cette ignorance m'a fait commettre des fautes. J'ajoutai cependant à ma lettre d'envoi, que dans le cas où MM. les commissaires daigneraient examiner mon travail, je leur aurais une grande reconnaissance s'ils voulaient y ajouter la faveur de me faire connaître leur sentiment.

C'est ce même livre, dont j'ai aujourd'hui l'honneur de vous soumettre la 3.ᵉ édition sous le titre d'ALPHABET DE MONSEIGNEUR LE COMTE DE PARIS, que je ne lui ai donné qu'après en avoir obtenu l'agrément de Son Altesse Royale MADAME LA DUCHESSE D'ORLÉANS, qui a en outre honoré l'ouvrage de sa souscription.

Voici l'accusé de réception dont m'honora le président de la Commission, que je reconnus être l'illustre M. Royer-Collard, devenu depuis encore plus célèbre, et qui ne s'offensa nullement, comme on voit, de n'avoir été ni nommé ni qualifié dans ma lettre d'envoi :

DIVISION DU PERSONNEL.

BUREAU
DES ACADÉMIES.

*Réponse à la lettre
du 1.ᵉʳ juin 1846.*

Enregistrée à l'arrivée,
n.º 5628,
au départ, n.º 829.

Rappeler la date de la
lettre et l'indication
du bureau.

Objet de la lettre.

COMMISSION DE L'INSTRUCTION PUBLIQUE.

Paris, le 11 juin 1846.

La Commission, Monsieur, a reçu les exemplaires que vous lui avez adressés de votre ouvrage sur les principes de la lecture. Elle vous prie d'en agréer ses remercîments.

Sur la demande contenue dans votre lettre, la Commission a ordonné qu'il lui serait rendu compte de cet ouvrage. Lorsque l'examen en sera fait, j'aurai l'honneur de vous faire connaître le jugement qui en aura été porté.

Recevez, Monsieur, l'assurance de ma parfaite considération.

Le Président de la Commission de l'Instruction publique,

Royer-Collard.

Les expressions de cette lettre furent pour moi d'un bon augure, et je donnai alors par anticipation, au jugement à intervenir, toute l'importance qu'il méritait : la Commission n'était rien moins qu'une annexe de l'Université.

En même temps que je soumettais mon livre à la Commission, je l'adressais aussi au président de la Société d'Émulation pour l'enseignement élémentaire, dans l'intention de le mettre en tableaux, et voici ce qui m'arrêta :

À M. D. A. F. COURTOIS, *chez M. FAIN, Imprimeur, rue Racine, à Paris.*

Monsieur,

J'ai reçu les six petits livres qui composent votre méthode élémentaire de lecture. Il me semble, en effet, que vous avez singulièrement diminué pour l'écolier les difficultés qui naissent des lettres qui ne se prononcent pas et des lettres qui se prononcent de plusieurs manières. Vous emploierez vraisemblablement avec succès vos procédés qui réussiront également bien à ceux qui les emploieront d'après vous.

Quant à leur adoption par les écoles lancastériennes, c'est un perfectionnement auquel je ne crois pas qu'elles arrivent dans les premières années. Elles auront bien assez à faire à s'établir sans chercher de nouveaux perfectionnements. Trop d'innovations à la fois effraieraient les esprits routiniers. On craindra de multiplier les difficultés d'exécution, et c'en serait une de fournir des modèles qui ne seraient pas facilement imités dans les imprimeries des petites villes. Mais une fois qu'elles seront affermies, les Comités centraux qui les dirigeront pourront adopter et leur conseiller des perfectionnements successifs, parmi lesquels vos idées, Monsieur, tiendront sans doute un rang honorable.

Vous m'avez demandé mon avis, Monsieur, je crois entrer dans vos vues et vous prouver mon estime en vous le disant avec franchise. Je ne perdrai aucune occasion de recommander votre méthode comme une de celles qui doivent le mieux réussir auprès du jeune âge dans l'étude première, difficile et pourtant si indispensable à la lecture.

Recevez, Monsieur, l'expression de mes sentiments distingués.

J. B. Say,

Vice-président de la société pour l'enseignement élémentaire.

Paris, 12 mai 1816.

J'ai donné connaissance de cette lettre à M. le Ministre, comme aussi de tout ce qu'on verra ci-après.

Le jugement qu'avait bien voulu me faire espérer M. le président tarda peu à m'arriver : La lettre qui le contenait était très flatteuse, ou si l'on veut, très indulgente et très polie. Mais ce jugement je suis hors d'état de le produire, seulement ; je donnerai ci-après une preuve irréfragable qu'il a existé. Voici ce qui est arrivé :

M. Émery, qui tenait une librairie d'éducation, eut naturellement connaissance de mon ouvrage qui était de sa spécialité ; il s'offrit bien spontanément de se charger du débit de mon livre. J'y consentis assez volontiers ; mais pour cette première édition seulement, sans vouloir céder la propriété définitive de l'ouvrage, puisque ni lui ni moi ne pouvions y mettre un prix. Or, ce libraire me demanda la lettre de la Commission pour la placer, me dit-il, en tête de l'édition, ce qu'il n'a point fait non plus que d'autres choses auxquelles il s'était engagé.

J'oubliai donc, bien malheureusement, de reprendre cette lettre, et je me hâtai de quitter Paris pour rentrer dans mon département, où ma famille et mes intérêts réclamaient ma présence depuis long-temps. Alors des occupations d'un autre ordre, de grands chagrins domestiques, m'éloignèrent malgré moi de ce que je regardais comme une de mes principales affaires, sans jamais l'avoir perdue de vue. Enfin, l'avènement du nouveau roi que la France avait appelé au trône, et sa sollicitude paternelle pour l'instruction de la classe du peuple, me parut un moment très favorable : je fis revenir de Paris mes planches à peu près composées, et m'occupai d'une seconde édition pour laquelle j'eus des peines infinies ; malgré le zèle et la bonne volonté de mon imprimeur, je rencontrai un obstacle que je n'avais pas su prévoir. Les caractères employés dans mes planches, composées à Paris, étaient naturellement des fonderies parisiennes, tandis que ceux employés dans ma nouvelle imprimerie provenaient des fonderies de Lyon, et n'étaient plus sur le même échantillon ; ils furent donc un grand obstacle à toutes les corrections que demande nécessairement la seconde édition d'un livre tel qu'était le mien. Le disparate des deux caractères qui s'est fait sentir jusqu'à aujourd'hui, aurait été levé depuis long-temps, si j'avais été moins malheureux dans la poursuite d'une approbation, comme on verra. Je regrettai aussi alors la perte de l'approbation dont la Commission avait honoré ma méthode, et pour le recouvrement de laquelle j'avais fait de vaines tentatives auprès de M. Émery. Je me rassurai cependant par la pensée que le premier jet, en quelque façon, de mon travail, ayant obtenu ce succès, je pouvais avoir confiance dans l'édition nouvelle que je croyais avoir sensiblement améliorée.

Tant de changements avaient été opérés sous la restauration, dans les diverses institutions publiques, telles que l'Institut, que je ne croyais plus à l'organisation première de l'Université devenue Ministère, et qu'en adressant mon ouvrage à M. Salvandy, alors ministre, je crus pouvoir le placer sous sa recommandation spéciale et personnelle. Voici l'accusé de réception qui me fut adressé :

MINISTÈRE
de
l'Instruction publique.

1re *Division.*

1.er *BUREAU.*

N.° 10995.

Toutes les lettres et
réponses doivent être
adressées directement
au Ministre.

Paris, 30 octobre 1837.

Monsieur, j'ai reçu les exemplaires que vous m'avez adressés d'un *Cours pratique et progressif de lecture élémentaire*, pour lequel vous sollicitez la recommandation universitaire.

Je renvoie cet ouvrage à la Commission chargée de la révision des livres destinés aux écoles primaires. Dès que cette Commission aura fait son rapport, il sera pris une décision qui vous sera notifiée ultérieurement.

Recevez, Monsieur, l'assurance de ma parfaite considération.

Pour le Ministre de l'Instruction publique,

Le Conseiller vice-président,

Villemain.

La signature de M. Villemain, signant pour le Ministre, m'étonna et commença de m'inquiéter. Un avis que je reçus plusieurs mois après de la part d'une Dame Collet, veuve d'un capitaine, et ma nièce, qui avait été prendre des renseignements dans les bureaux, m'apprit que mon affaire prenait une mauvaise tournure, et ne paraissait pas devoir réussir. Effrayé de cet avis, je me hâtai d'écrire au Ministre, toujours M. Salvandy, pour lui dire que mon livre avait déjà reçu une approbation très honorable de la part de la Commission de l'instruction publique ; qu'à la vérité je n'avais plus cette lettre, mais qu'il serait facile de la retrouver, puisque sa date n'était que de peu de temps postérieure à la lettre d'avis de M. Royer-Collard, dont je citai la date. Vains efforts, je reçus presque immédiatement la décision que je vais transcrire.

MINISTÈRE
DE L'INSTRUCTION
PUBLIQUE.

1.ʳᵉ DIVISION.

PERSONNEL
ET ADMINISTRATION
des
*établissements univer-
sitaires.*

1.ᵉʳ **BUREAU.**

Administrations aca-
démiques, bourses, se-
cours et livres classi-
ques.

*Folio de l'enregistre-
ment général.*

(10995.)

Toutes les lettres et
réponses doivent être
adressées directement
au Ministre.

UNIVERSITÉ DE FRANCE.

Paris, le 25 mai 1858.

Monsieur, j'ai examiné, en séance du Conseil royal de l'Instruction publique, le 27 avril dernier, un *Cours pratique et progressif de lecture élémentaire*, que vous avez présenté à l'adoption universitaire.

D'après le rapport qui a été fait sur cet ouvrage, j'ai pris une décision
portant que l'usage ne peut en être autorisé dans les écoles primaires.

Recevez, Monsieur, l'assurance de ma parfaite considération.

Pour le Ministre de l'Instruction publique, grand Maître de l'Université,

Le Conseiller vice-président,

Villemain.

Encore M. Villemain signant pour le Ministre. M. Salvandy avait-il donc ab-
diqué ses fonctions de Ministre, qu'il abandonnait la signature d'une décision à
M. Villemain, vice-président !

Cette lettre fut pour moi un coup bien fatal; mais encore une fois pourquoi
n'était-ce pas M. le Ministre lui-même qui me répondait? J'insistai donc et
transcrivis pour la première fois l'accusé de réception de M. Royer-Collard, en
disant que cette première lettre avait nécessairement été suivie d'une décision
quelconque qui ne pouvait être perdue.

Enfin, une personne honorable, M. le docteur Papillon, chevalier de la légion
d'honneur, aujourd'hui médecin en chef de l'hôpital militaire de Sédan, et qui
m'honorait de son amitié, se trouvant à Paris, voulut bien faire plusieurs démarches au ministère pour y découvrir la décision tant désirée; voici sa dernière
lettre, car il m'en a écrit trois. Je ne crois pas devoir nommer M. le sous-chef
de bureau dont cette lettre fait mention, dans la crainte de commettre une indis-
crétion : M. le Ministre sait que j'en avais déjà usé de même à l'occasion des recherches de Madame Collet.

« Monsieur,

« Après plusieurs démarches infructueuses au ministère de l'instruction publique, j'ai enfin, mieux
avisé, obtenu de M...., sous-chef de bureau, des indications précises qui remplissent, autant que faire
se peut, le but des recherches dont vous m'aviez chargé.

« La minute de la lettre contenant approbation de la première édition de votre ouvrage n'a pu être
retrouvée, et j'ai acquis la conviction que toute demande tendant à en obtenir une copie textuelle
serait sans résultat; mais on vous délivrera sans difficulté l'ampliation de la décision de la Commission
d'instruction publique par laquelle votre méthode fut approuvée; cette décision est du 8 février 1817.
J'en ai pris la date afin que vous la rapportiez dans la lettre que vous devez adresser au Ministre à cet effet.

« Vous avez été mal adroit (c'est M.... qui parle), lorsque vous avez sollicité de nouveau l'approbation de votre méthode en 1857, de n'avoir pas rapporté l'approbation antérieure qui lui avait été

donnée, le Conseil aurait évité de se mettre en contradiction avec lui-même comme il l'a fait. Vous avez bien, dans une lettre que M..... m'a lue, parlé de témoignages flatteurs que vous avait valu votre méthode, de la part de la Commission d'instruction publique ; mais vous n'avez pas dit qu'elle eût été formellement approuvée, et au surplus, calcul fait, cette lettre n'est parvenue au Conseil que le lendemain de la dernière décision qui a rejeté votre ouvrage. M.... pense que ce rejet vient ou de ce que les changements que vous avez apportés à votre livre n'ont pas été heureux, ou plutôt de ce que, depuis sa publication, beaucoup d'auteurs ont traité avec succès le même sujet. Il vous invite à envoyer au Ministre un exemplaire de la première édition, et vous croit autorisé à la faire imprimer sous les auspices de la décision de 1817, et sans qu'il soit besoin d'une approbation nouvelle, pourvu que vous vous absteniez de changements essentiels.

Veuillez être assuré, Monsieur, que je tenais infiniment à faire ce que vous attendiez de moi, et que si je n'ai pas réussi plus promptement et plus complètement, ce n'est pas faute de zèle.

J'ai l'honneur d'être votre respectueux, dévoué et très-humble serviteur.

Papillon.

On vient de voir que M.... déclare très positivement qu'il ne fallait pas espérer de jamais obtenir copie de la première décision, chose difficile à comprendre. Quant à l'arrêté du 8 février 1817, quelque précieuse que fût cette communication, elle ne portait que sur un arrêté imprimé, comme on va le voir, dont il était possible que je parvinsse à acquérir la connaissance d'une autre manière. Mais quelle était cette décision du 8 février 1817, dont je n'avais aucune connaissance ? Je me hâtai de prier M. le Ministre d'avoir la bonté de m'en fournir une copie, comme on me l'avait dit. Voici la réponse que j'obtins de son Excellence :

MINISTÈRE
DE L'INSTRUCTION
PUBLIQUE.

1.re DIVISION.

PERSONNEL
ET ADMINISTRATION
des
établissements uni-
versitaires.

1.er BUREAU.

Administrations aca-
démiques, bourses, se-
cours et livres classi-
ques.

F.° 10991. 2 de l'enre-
gistrement général.

Toutes les lettres et
réponses doivent être
adressées directement
au Ministre.

UNIVERSITÉ DE FRANCE.

Paris, le 20 décembre 1859.

Monsieur,

Vous avez exprimé le désir d'avoir une copie d'un arrêté en date du 8 février 1817, relatif à une méthode de lecture que vous avez publiée. Il n'est pas d'usage de délivrer une copie des arrêtés de cette nature, et la lettre d'avis qui vous a été adressée à cette époque, doit vous en tenir lieu. Au surplus, l'arrêté dont il s'agit, qui comprend une liste assez étendue d'ouvrages provisoirement indiqués aux Comités cantonaux comme pouvant être mis utilement entre les mains des enfants et des maîtres, a été imprimé dans le recueil des lois et réglements concernant l'instruction publique, tome 6e. Sur cette liste, on trouve bien un Cours pratique et progressif de lecture élémentaire ; mais cette décision qui n'avait qu'un caractère provisoire, comme le texte même l'indique, ne pourrait être appliquée, par extension, à l'ouvrage que vous avez publié sous le même titre, en 1857, et dont le Conseil royal de l'instruction publique a décidé, le 27 avril 1838, que l'usage ne pouvait être autorisé dans les écoles primaires.

Recevez, Monsieur, l'assurance de ma parfaite considération.

Le Pair de France, Ministre de l'instruction publique,

Villemain.

Nota. Ici M. Villemain, devenu Ministre, ne renvoie plus la signature à M. le vice-président.

Il me fut d'abord assez difficile de comprendre quelque chose à cette communication. Qu'il ne fût pas d'usage de donner copie de l'arrêté mentionné, cela était très vrai, puisque cet arrêté se trouvait imprimé quelque part ; mais que la lettre qui m'avait été adressée dans le temps dût me suffire, cela eût été également vrai si j'avais eu cette lettre en mon pouvoir : c'était précisément parce que je ne l'avais pas que je faisais tant de recherches. Quant enfin à l'effet provisoire à quoi se bornait cet arrêté, suivant ce que me disait M. le Ministre, mon intelligence ne put aller jusque-là. On ne saurait croire ensuite les difficultés que j'éprouvai à me procurer l'arrêté en question. Je ne le trouvai ni à la préfecture, ni à la mairie, ni à aucun des Comités d'instruction primaire de la ville de Lons-le-Saunier, ni chez aucun libraire. Enfin, quelques indications de personnes mieux instruites que moi, me donnèrent l'idée qu'il pourrait se trouver dans la bibliothèque de MM. les Recteurs d'académie, et je dus recourir à l'intermédiaire d'un beau-fils, conseiller à la Cour royale de Dijon, qui put en prendre copie et me l'adresser. Le voici textuellement transcrit :

Arrêté portant désignation des livres qui pourront être mis utilement entre les mains des enfants et des maîtres des écoles primaires.

(Du 8 février 1817.)

La Commission de l'instruction publique ,

Sur les demandes qui lui ont été adressées par plusieurs Comités cantonnaux, et en attendant que les ouvrages élémentaires à l'usage des écoles primaires, qu'elle fait composer, aient pu être portés au degré de perfection désirable ,

Arrête que les livres suivants seront PROVISOIREMENT indiqués, comme pouvant être mis utilement entre les mains des enfants et des maîtres.

CHAPITRE 1.er

PRIÈRES.

Etc.....

CHAPITRE 2.

SYLLABAIRES.

Cours pratique et progressif de lecture élémentaire, par D. A. F. Courtois. Chez Emery, rue Mazarine, Paris 1816.

Vous voyez, MESSIEURS, que l'arrêté ci-dessus n'était autre chose que la preuve et la conséquence de la première approbation donnée à mon ouvrage, en 1816, par la Commission de l'instruction publique. Quant au mot *provisoirement*, il est évident qu'il ne s'applique qu'à l'indication donnée par la Commission aux Comités cantonnaux, et qu'en toute rigueur, ce *provisoire* devait au moins durer jusqu'à ce que *les ouvrages élémentaires* que la Commission faisait composer, eussent pu être portés à un degré de perfection désirable. Alors la Commission aurait pu s'en tenir à ces derniers, et révoquer ses approbations précédentes, ce qui n'a jamais eu lieu : c'est là ce que je ne manquai pas de faire observer à M. le Ministre qui garda le silence.

Pendant toutes ces choses, que se passait-il à Lons-le-Saunier? Les deux Comités supérieur et local approuvaient mon système, à mon insu, et voici la lettre que je reçus inopinément de M. le Maire, président du Comité de la ville et vice-président du Comité supérieur :

INSTRUCTION PRIMAIRE.

————

COMITÉ SUPÉRIEUR
de l'arrondissement
de
LONS-LE-SAUNIER.

Lons-le-Saunier, le 25 février 1859.

Le Maire de la ville de Lons-le-Saunier, vice-président du Comité supérieur de l'arrondissement.

Monsieur,

J'ai soumis à l'examen du Comité local de la ville de Lons-le-Saunier, ainsi qu'au Comité supérieur, votre méthode de lecture, ayant pour titre *Cours pratique et progressif de lecture élémentaire* ; j'ai l'honneur de vous adresser l'extrait des délibérations de ces deux Comités.

Votre zèle pour l'enseignement primaire vous mérite à juste titre la reconnaissance de tous les bons citoyens. Si vous étiez encore domicilié dans notre ville, je m'empresserais de vous appeler au sein du Comité de surveillance de nos écoles, vous connaissez mon opinion sur votre ouvrage que je trouve très bon.

Agréez, Monsieur, avec les remercîments du Comité supérieur, l'assurance de ma parfaite considération.

Le Maire, Vice-président,

Houry.

MAIRIE
de
LONS-LE-SAUNIER,
chef-lieu
du département
DU JURA.

Extrait du registre des délibérations du Comité local de la ville de Lons-le-Saunier.

————————

Séance du 24 Novembre 1838.

————————

Présents, MM. Houry, maire; vice-président, Harpin ; Godefin, Gruizard, Lebrun, Blanchon et Galléty.

M. Galléty, chargé, de concert avec M. Houry, dans la dernière séance, d'examiner le cours de lecture de M. Courtois, donne lecture au Comité des notes que cet examen lui a fournies ; ces notes, ainsi que les observations verbales de M. le président, sont généralement favorables à cet ingénieux ouvrage. Le Comité, à qui M. Courtois avait soumis son livre, décide que des remercîments approbatifs lui seront adressés. M. le président annonce, à cette occasion, qu'il s'assurera que le domicile de M. Courtois est bien à Lons-le-Saunier, pour le présenter, dans ce cas, au Comité supérieur, afin d'obtenir sa nomination de membre du Comité local.

Signé au registre : Blanchon, Galléty, etc., et Houry.

Pour extrait conforme :

Le Maire, vice-président,

Houry.

MAIRIE
de
LONS-LE-SAUNIER,
chef-lieu
du département
DU JURA.

Extrait du registre des délibérations du Comité
supérieur de l'arrondissement de Lons-le-Saunier.

Séance du 14 février 1839.

Présents, MM. Houry, maire, vice-président ; Papillon, Gresset, Cattand, Chevillard, père, Gréa, Coraz, Cuinet, Dornier et Cuenne.

M. Cuinet, instituteur primaire supérieur à Lons-le-Saunier, membre du Comité, chargé d'examiner l'ouvrage de M. Courtois, père, présente son rapport dont les conclusions sont que cette méthode peut être mise avec avantage entre les mains des enfants, et produire de bons résultats.

M. le vice-président demeure chargé de faire connaître à M. Courtois l'opinion du Comité sur son livre, et de le remercier du zèle qu'il montre pour l'instruction primaire.

Signé au registre : Coraz, Cuinet, Cattand, etc.

Pour extrait conforme :
Le Maire, Vice-président,

Houry.

Je viens de dire que les Comités avaient agi à mon insu. En effet, toujours le même en toutes circonstances, je n'avais vu aucun de ces Messieurs, sollicité personne et rien écrit ; voici comment la chose s'est passée : J'avais remis mon ouvrage à un bien petit nombre de personnes, pour qu'elles en fissent usage dans leur famille ; c'est là que M. le président du Comité local en a eu la première connaissance, et c'est alors qu'il me le fit demander en me témoignant poliment sa surprise de n'avoir pas été un des premiers à en recevoir de moi un exemplaire. Ce fut donc à sa seule sollicitude que je dus la présentation de mon livre aux Comités et leur approbation ; je n'aurais probablement jamais su qu'ils s'en fussent occupés, si leur jugement ne m'eût pas été favorable. J'ajouterai seulement que mon Alphabet n'étant en vente nulle part, deux libraires vinrent me le demander avec un certain mystère, et j'ai su depuis que c'était de la part de quelques membres des deux Comités qui voulaient juger, par eux-mêmes, de l'ouvrage soumis à leur appréciation.

Je ne puis m'appuyer ici de témoignages particuliers dont je fais le plus grand cas, mais qui pourraient n'être considérés que comme des remercîments polis de la part des personnes auxquelles j'avais remis mon ouvrage ; je crains même que quelques-unes de ces personnes ne s'offensent du silence auquel je crois devoir me condamner : j'en dis les raisons. Mais voici une lettre qui participe des deux natures, puisqu'elle constate un fait, et que, pour cette raison, je prends la liberté de faire connaître :

Si ce n'était pas abuser de la complaisance de M. Courtois, je le prierais, lorsqu'il viendra en ville, de vouloir bien me le faire savoir. M.ᵐᵉ Daguier est tellement satisfaite des progrès remarquables de Marie, notre petite fille, dans la lecture, au moyen de son excellente méthode, qu'elle veut la lui pré-

2

senter, afin qu'il puisse juger lui-même de ses progrès. Elle pense même que c'est un devoir pour elle de lui présenter sa fille, comme remercîment de la politesse qu'il lui a faite en lui adressant son ouvrage.

Je pense au surplus, que M. Courtois est déjà informé que son excellente méthode a été adoptée par plusieurs pensions, et notamment par M.me Poux.

Nous sommes heureux, M.me Daguier et moi, d'avoir été les premiers à le faire connaître dans ce pensionnat, et d'avoir contribué à le répandre, en parlant de ses heureux résultats.

J'ai l'honneur de présenter à M. Courtois mes civilités affectueuses et empressées.

Daguier.

M. Daguier est conseiller de la Préfecture et secrétaire général.

La même faveur me fut faite par M. Thevenin, médecin de la Préfecture et le mien, qui vint me présenter sa fille aînée, âgée de six à sept ans, d'après les mêmes motifs. Il avait été si étonné du succès de mon livre, qu'il s'en procura lui-même un exemplaire, et se hâta de le porter à M.me Thomas, épouse de notre Préfet, laquelle n'a rien trouvé de mieux pour la première instruction de ses deux jeunes Demoiselles. Enfin, je puis citer le témoignage de M.lle Missie, institutrice distinguée, qui, malgré les insinuations opposées, a persisté, jusqu'à sa nomination récente à la place de sous-maîtresse à l'école normale des filles, dans l'usage de ma méthode, au moyen de laquelle elle est parvenue à faire lire parfaitement plusieurs de ses élèves en moins de quatre mois ; c'est ce qu'elle m'a assuré à moi-même en venant me remercier de l'envoi que je lui avais fait de ma dernière édition.

Cependant, ne recevant aucune solution de la part de M. le Ministre, je pris la résolution de lui écrire encore une longue lettre, que je crus devoir être la dernière. En récapitulant tous les faits, j'établissais que d'après le décret impérial, créateur de l'Université, et d'après l'ordonnance royale du 26 mars 1829, en donnant même à ces deux actes une extension contestable, c'était au Conseil royal qu'appartenait positivement l'initiative de la proposition des livres soumis à l'approbation, sauf la décision subséquente de M. le Ministre, pratique constamment suivie dans l'Université ; que dès-lors, lorsque M. Villemain, vice-président, m'avait notifié la décision du 25 mai 1838, de M. Salvandy, Ministre, qui avait rejeté mon livre, il m'avait induit en erreur, en attribuant à M. Salvandy, son supérieur, une violation des lois universitaires, d'où il résultait que tout ce qui avait été fait à mon égard, sous le ministère de M. Salvandy, s'était passé à l'insu de ce Ministre, lequel, par conséquent, n'aurait eu non plus aucune connaissance des lettres que j'avais eu l'honneur de lui écrire.

MESSIEURS les PAIRS, MESSIEURS les DÉPUTÉS, la circonstance me paraît grave ; mais M. Salvandy est là, à la Chambre des Députés, pour dire ce qui en a été, et c'est son témoignage que j'invoque. Je manifestai dès-lors, à M. Villemain, Ministre, l'intention de recourir au Roi et aux Chambres ; mais cette lettre, que je croyais devoir être la dernière, fut cependant assez promptement honorée d'une réponse que je vais transcrire ;

MINISTÈRE
DE L'INSTRUCTION
PUBLIQUE.

1.ʳᵉ DIVISION.

PERSONNEL
ET ADMINISTRATION
des
*établissements univer-
sitaires.*

1.ᵉʳ BUREAU.

Administrations aca-
démiques, bourses, se-
cours et livres classi-
ques.

*Folio de l'enregistre-
ment général.*

(10991.)

Toutes les lettres et
réponses doivent être
adressées directement
au Ministre.

UNIVERSITÉ DE FRANCE.

Paris, le 28 juin 1841.

Monsieur,

J'ai reçu la lettre que vous m'avez écrite relativement à un *Cours pra-tique et progressif de lecture élémentaire,* dont vous aviez demandé l'adoption dans les écoles primaires.

Une décision en date du 27 avril 1838, prise en séance du Conseil royal de l'instruction publique, porte qu'il n'y a pas lieu d'autoriser l'usage de ce *Cours* dans les écoles primaires. Je ne puis que me référer à la lettre d'avis qui vous a été adressée le 26 janvier 1838 (c'est mai qu'il faut lire), et à la lettre d'avis qui vous a été adressée le 20 décembre 1839. *Votre ouvrage ne pourrait être l'objet d'un nouvel examen et donner lieu de nouveau à une décision qu'autant que vous en auriez présenté une édition revue et corrigée, qui différerait notablement de celle que vous avez publiée dernièrement, et qui n'a pas obtenu la recommandation universitaire.*

Recevez, Monsieur, l'assurance de ma parfaite considération.

Le Pair de France, Ministre de l'instruction publique,

Villemain.

Je ne saurais exprimer les sentiments dont je fus affecté à la lecture de cette lettre. M. le Ministre, sans paraître touché de mes observations, persistait dans la décision censée prise par M. Salvandy ; il semblait cependant m'offrir l'ouverture à une nouvelle décision ; mais ces changements qu'exigeait son Excellence, quels étaient-ils et sur quoi pouvaient-ils porter ? C'est ce que je ne pus me dispenser de lui faire sentir dans une réplique. *Votre lettre, M. le Ministre,* lui disais-je, *serait un piége, et c'est l'antipode de ma pensée* : vous verrez bientôt, MESSIEURS, ce que c'était.

Cependant le cas extrême de recourir au Roi et aux Chambres me tint en sus-pens. Puis, en méditant plus attentivement sur la dernière lettre de M. le Ministre, j'en vins à me persuader qu'il était assez naturel que Son Excellence n'eût pas voulu descendre jusqu'à m'indiquer les corrections à faire dans mon livre ; mais qu'elle serait très indulgente sur les changements que je pourrais faire, pourvu qu'ils fussent assez notables pour motiver une décision qui rapporterait la précédente.

Me voilà donc travaillant à une troisième édition, où je fis des changements assez considérables, puisque l'ouvrage fut augmenté d'une septième classe, et que l'addition d'un petit conte, qui se prolonge progressivement de classe en classe, depuis la première jusqu'à la fin de l'ouvrage, a dû nécessairement apporter des modifications dans chacun des cahiers.

Mais ce ne fut pas tout. L'âge du jeune Prince qui était appelé à la couronne, quoique dans un éloignement plus considérable qu'il ne l'est aujourd'hui, me fit naître l'ambition, à l'exemple de ce qui s'était passé à d'autres époques, de placer son nom en tête de mon petit livre, si je pouvais en obtenir l'agrément de Madame la Duchesse d'Orléans : je pris en conséquence la liberté d'en écrire à S. A. R. Je la priai d'abord de vouloir bien ne pas s'offenser de voir son nom et celui de son auguste fils en tête de l'ouvrage que je prenais la liberté de lui adresser ; que mon travail n'était pas de nature à pouvoir lui être soumis en manuscrit ; mais que je prenais l'engagement formel de n'en pas laisser sortir un seul exemplaire de mes mains, si, par son silence, elle me laissait penser qu'elle ne l'avait pas pour agréable, engagement sacré auquel j'ai été fidèle.

Mais le coup de foudre, aussi subit que fatal, qui avait privé la famille royale et la France de la personne de Monseigneur le Duc d'Orléans, fut une cause à laquelle je crus pouvoir attribuer le silence de la Princesse, et m'autoriser à renouveler plus tard mes sollicitations. Enfin, je fus honoré de la lettre suivante :

SECRÉTARIAT
de
Son Altesse Royale
MADAME
la Duchesse d'Orléans.

Tuileries, le 8 mai 1843.

Monsieur,

Madame la Duchesse d'Orléans a reçu avec votre lettre les petits livres que vous avez dédiés à S. A. R., et qui sont intitulés : *Alphabet de Monseigneur le comte de Paris*. Il n'est pas d'usage, quand un livre est offert à un prince de la famille royale, d'imprimer une dédicace avant d'en avoir obtenu l'autorisation. Néanmoins, Madame la Duchesse d'Orléans a fort apprécié le sentiment qui vous a porté à faire cet hommage au jeune prince, et je m'empresse de vous annoncer que S. A. R. a bien voulu, en outre, souscrire à votre Alphabet pour une somme de cent francs. Elle vous prie de distribuer à des enfants pauvres de votre ville les exemplaires de cette souscription.

Veuillez m'accuser réception du mandat ci-joint de cent francs, sur le Receveur de Lons-le-Saunier, et agréez, Monsieur, l'assurance de ma considération distinguée.

En l'absence de M. le Secrétaire des commandements de S. A. R.,

Hubert.

Attaché au Secrétariat de S. A. R.

J'ai cru pouvoir passer sous silence, dans la lettre que j'ai mise en tête de mon ouvrage, les premières lignes de la lettre ci-dessus, parce que mon amour-propre souffrait de passer pour un ignorant et irrespectueux mal-appris. Cependant, on voit d'un autre côté, que si S. A. R. a bien voulu passer sur un tel défaut de convenance, dont l'apparence est provenue des circonstances qui avaient incontestablement fait perdre mes lettres, c'est une raison qui donne d'autant plus de prix à ce qu'elle a daigné faire. Au surplus, en donnant connaissance à M. le Ministre, par ma lettre du 16 juin 1843, je lui en ai transcrit le texte tout entier avec les explications ci-dessus.

A la réception d'une lettre aussi honorable, et d'autant plus flatteuse que S. A. R. n'accordait pas une telle faveur sans avoir pris connaissance elle-même des ouvrages qui lui étaient adressés, (et c'était ici la première fois que le nom de Monseigneur le comte de Paris se trouvait en tête d'un livre approprié à son âge), à cette réception, dis-je, je me hâtai d'adresser à M. le Ministre, le 16 juin 1843, le seul exemplaire que j'eusse en mon pouvoir, parce que, comme je l'ai annoncé, je n'en avais fait tirer qu'un infiniment petit nombre, et je le priai en même temps de vouloir bien remarquer que les grands changements que j'avais apportés à mon ouvrage en faisaient en quelque façon un ouvrage nouveau, puisque le titre même était changé, ce qui me faisait espérer d'avoir atteint les intentions qu'il m'avait manifestées par la lettre du 28 juin 1841.

M. le Ministre m'accusa réception le 1.er juillet suivant, la plus prompte qui m'ait été adressée pendant toute la durée de notre correspondance : S. E. me fit l'honneur de me dire en outre, que pour qu'elle pût faire examiner cet ouvrage, il était nécessaire que j'en fisse déposer un second exemplaire au bureau de l'enregistrement général, l'un d'eux étant destiné à la bibliothèque du ministère ; et il ajoutait que cet exemplaire me serait restitué, dans le cas où l'usage de mon ouvrage n'aurait pas été autorisé dans les établissements de l'Université. Je répondis, le 2 août suivant, en prévenant S. E. que je n'étais pas encore en mesure de satisfaire à ses ordres. Enfin, le 23 du même mois, j'eus l'honneur d'adresser les exemplaires demandés. Ne recevant pas une solution aussi prompte qu'aurait désiré mon inquiétude, je pris la liberté de lui écrire le 2 octobre, et le 9 novembre je reçus de S. E. la lettre suivante :

MINISTÈRE
DE L'INSTRUCTION
PUBLIQUE.

1.re DIVISION.

PERSONNEL
et ADMINISTRATION
des
établissements uni-
versitaires.

1.er BUREAU.

Administrations aca-démiques, bourses, se-cours et livres classi-ques.

F.e 10991. 2 de l'enre-gistrement général.

Toutes les lettres et réponses doivent être adressées directement au Ministre.

UNIVERSITÉ DE FRANCE.

Paris, le 9 novembre 1843.

Monsieur, le Conseil royal de l'instruction publique a examiné, dans sa séance du 20 octobre dernier, l'*Alphabet* que vous avez présenté à l'adoption universitaire pour l'usage des écoles primaires.

Vous trouverez ci-joint une copie certifiée conforme de la délibération qui a été prise à ce sujet.

Recevez, Monsieur, l'assurance de ma considération distinguée.

Le Pair de France, Ministre de l'instruction publique,

Villemain.

MINISTÈRE
de
l'Instruction publique.

N.° 4615.

UNIVERSITÉ DE FRANCE.

*Extrait du registre des délibérations du Conseil royal
de l'Instruction publique.*

Procès-verbal de la séance du 20 Octobre 1843.

Le Conseil royal de l'Instruction publique,

Sur le rapport de M. le Conseiller chargé de ce qui concerne les livres élémentaires,

Ouï le rapport qui lui a été fait sur un ouvrage intitulé : *Alphabet de Monseigneur le comte de Paris,* dans lequel on enseigne à lire le français aux enfants et aux étrangers, etc., par M. D. A. F. Courtois (divisé en sept cahiers) ;

Est d'avis qu'il n'y a pas lieu d'autoriser l'emploi de cet alphabet dans les écoles primaires.

Le Conseiller exerçant les fonctions de Chancelier,

Signé : **Rendu**.

Le Conseiller exerçant les fonctions de Secrétaire,

Signé : **Saint-Marc Girardin**.

Approuvé conformément à l'article 21 de l'Ordonnance royale du 26 mars 1829.

Le Ministre de l'Instruction publique, Grand-Maître de l'Université,

Signé : **Villemain**.

Pour ampliation :

Le Chef du Secrétariat,

Danton.

Est-ce donc là qu'en voulait venir M. le Ministre? Est-ce là ce qu'il m'avait fait espérer par sa lettre précitée? Est-ce là ce que j'avais gagné à ne pas m'adresser dès-lors au Roi et aux deux Chambres? Mais quand j'ai cédé à l'ouverture qu'il m'offrait, je n'avais d'autre but que d'éviter l'extrémité à laquelle il m'oblige aujourd'hui, et si cette dernière décision se trouve maintenant régulière et légale, vous voyez, MESSIEURS, par cela même, combien était irrégulière et illégale celle attribuée à M. le ministre Salvandy.

Je rédigeai à la hâte les brèves et subites observations qui se trouvent encore en tête de mon livre, et j'en envoyai cinq cents exemplaires complets à MM. les députés, bien adressés individuellement à chacun d'eux, mais sans pétition : je n'avais d'autre but que de faire connaître mon ouvrage dans les divers arrondissements de la France, où **MM.** les Députés auraient pu l'emporter et l'examiner à loisir ; le temps aurait pu amener des méditations silencieuses dans les esprits ; et plus tard mon but aurait pu être atteint sans commotion : vain calcul. **MM.** les Questeurs de la Chambre ne crurent pas qu'il entrât dans leurs attributions de faire cette répartition ; dès-lors, je les suppliai de vouloir bien pardonner à mon ignorance, et de remettre les exemplaires en question à mon libraire ; mais celui-ci, qui depuis long-temps avait accepté le débit de mon livre et fait ses conditions, changea soudainement de sentiment, et ne voulut entendre à aucun arrangement ni se charger de rien.

Voici maintenant, **MESSIEURS**, trois lettres écrites par un de **MM.** les membres du Conseil royal à **M.** Serre. avocat à Dijon, un autre de mes gendres :

PREMIÈRE LETTRE.

UNIVERSITÉ DE FRANCE.

CONSEIL ROYAL
de
l'Instruction publique.

Paris, le 9 décembre 1845.

Monsieur,

Vous m'avez rappelé un de mes bons souvenirs. On est si heureux d'avoir pu contribuer à frayer à un homme cette route difficile de la vie! A côté de ce souvenir, j'aurais bien désiré pouvoir mettre le modeste service que vous me demandez. Mais, Monsieur, deux décisions formelles du Conseil royal ne me laissent pas d'espoir à cet égard. L'autorisation *provisoire* donnée en 1817 a été suivie d'examens sérieux, prolongés, définitifs. On a été forcé de relever, dans un assez grand nombre de pages, des expressions au moins singulières, des négligences de style, voire même des exemples peu convenables à mettre sous les yeux et dans l'esprit des enfants. Les enfants! c'est bien certainement l'auditoire qui demande le plus de précaution pour les idées, le plus de choix pour les mots, le plus de goût et de tact pour tout ce qui doit frapper leur imagination et leurs sens. Telle est du moins la disposition d'esprit avec laquelle les livres proposés pour l'instruction de l'enfance sont examinés, d'abord par la Commission, puis par le Conseil royal. Les auteurs peuvent sans contredit trouver que de bonnes intentions, des vues pures et désintéressées, des pages irréprochables devraient excuser quelques défauts et faire passer à leurs ouvrages le seuil des écoles. Cela est tout simple pour les auteurs ; le Conseil royal n'est pas maître de penser de même ; avant tout, il doit suivre le principe, qui veut qu'en fait de nourriture intellectuelle, on serve aux enfants ce qu'il y a de plus pur et de plus fortifiant.

Pardon, Monsieur, de toute cette doctrine pédagogique. Comme fils, vous la trouverez sévère ; comme avocat, vous la défendriez au besoin ; comme père, vous l'appliqueriez au choix des ouvrages à mettre dans les mains de vos enfants.

J'ai l'honneur d'être, avec toute considération, Monsieur, votre très-humble serviteur,

Rendu.

NOTA. M. Rendu eût bien pu donner quelques exemples des reproches qu'il faisait à mon ouvrage.

DEUXIÈME LETTRE.

Paris, le 13 mars 1844.

Monsieur,

Je ne fais pas de doute que si l'alphabet composé par M. votre beau-père est représenté avec des amendements notables, il ne soit de nouveau soumis à l'examen de la Commission chargée de ce travail important. Je dois seulement vous prévenir qu'à raison du grand nombre de méthodes de lectures déjà autorisées et regardées comme pouvant satisfaire à tous les besoins réels pour cette partie de l'instruction primaire, la Commission et le Conseil royal lui-même doivent se montrer et se montrent en effet plus difficiles que jamais.

J'ai l'honneur d'être avec la plus parfaite considération, Monsieur, votre très-humble et très-obéissant serviteur,

Rendu.

Je saisis encore une fois cette ouverture, et j'engageai mon gendre à se rendre à Paris pour obtenir, de l'attachement qu'avait paru lui témoigner son honorable correspondant, quelques indications des changements exigés : M. Serre obtint en effet l'honneur d'un entretien, en présence de M. Nanteuil, son ami, directeur de la poste aux lettres de Dijon, dont il s'était fait accompagner. Les promesses de M. Rendu furent tellement positives, que M. Nanteuil annonça à sa propre famille, à Dijon, le succès qu'avait obtenu M. Serre, mais encore cette fois ces promesses n'eurent aucun effet.

TROISIÈME LETTRE.

UNIVERSITÉ
de
FRANCE.

Commission supérieure
des
SALLES D'ASILE.

MINISTÈRE DE L'INSTRUCTION PUBLIQUE.

Paris, 3 juillet 1844.

Le Conseiller au Conseil royal, président de la Commission supérieure des Salles d'asile.

Monsieur,

Un homme public doit s'attendre à rencontrer sur sa route l'injure et la calomnie. Mais vous n'êtes pas fait pour être l'instrument de l'une ni de l'autre ; je voudrais vous éviter le tort et la peine de ce rôle odieux.

Vous êtes animé, je le sais, par un sentiment de piété filiale, qui vous honore ; vous êtes animé aussi par un autre sentiment non moins louable, quand il est bien placé ; celui de la haine de l'injustice. Seulement vous devez à vous-même de ne pas prendre des fantômes pour des réalités.

Voici donc la vérité sur cet ouvrage que vous croyez être ma propriété, que vous appelez *livre privilégié*, sur cet alphabet ou premier livre de lecture. Je n'y ai jamais eu, je n'y ai point encore, je n'y aurai jamais un intérêt quelconque. Il n'est point ma propriété ; il n'est en aucune manière un livre privilégié. Je ne m'étonne point qu'il s'en débite chaque année plusieurs milliers d'exemplaires ; car il est bien fait en général, quoiqu'il puisse encore et doive être amélioré. Il méritait d'être autorisé ; il l'a été, mais d'autres alphabets, d'autres méthodes de lecture ont aussi été autorisés ; d'autres encore pourront l'être. Il n'y a point aux yeux du Conseil ni d'aucun de ses membres des *livres privilégiés.* Du reste, Monsieur, je me suis volontairement et spontanément, depuis plusieurs années, déchargé de cette partie de mes anciennes attributions, les rapports au Conseil sur les livres élémentaires ; assez d'autres occupations réclament et absorbent tous mes instants.

Je me borne à ces points de fait : mon désintéressement absolu et perpétuel par rapport à l'*Alphabet et premier livre de lecture ;* mon renoncement aux fonctions de rapporteur pour tous les livres destinés aux écoles primaires depuis trois années au moins.

J'ai cru voir dans ces deux faits deux motifs de réflexion pour votre propre gouverne, deux raisons de penser que vous ne feriez pas un vain appel à ce que vous appelez *cette maudite presse.*

Il m'a paru qu'en cela je faisais acte d'homme loyal et de bon chrétien.

Vous aviserez comme il vous conviendra.

J'ai l'honneur de vous saluer,

Signé : **Rendu.**

M. le Conseiller termine sa lettre par une protestation d'homme loyal et de bon chrétien : cela prouve qu'il attache beaucoup de prix à ces nobles vertus. Cependant quand on a fait partie d'un jugement de condamnation, il n'y aurait rien, je crois, de contraire à la loyauté et au christianisme, de faire connaître à la partie condamnée les motifs de cette condamnation , et c'est à cela que M. Rendu aurait encore à répondre.

Passons à l'ouvrage mentionné dans sa lettre (*Alphabet, et premier livre de lecture, chez Hachette, libraire de l'Université royale de France, rue Pierre-Sarasin, n.° 12, à Paris*). De cet ouvrage auquel M. le Conseiller Rendu paraît prendre, quoi qu'il en dise, un vif intérêt, je me vois obligé d'en parler, non pas en critique de l'ouvrage, mais en scrutateur des intentions de son auteur. D'abord, en gardant l'anonyme, il m'expose au risque de penser qu'il peut avoir été l'un des juges qui ont condamné mon Alphabet tout en approuvant le sien.

En second lieu, on voit qu'il s'est approprié mes idées, dont cependant il n'a pas su tirer parti d'une manière aussi heureuse qu'elle est évidente. Il serait facile de démontrer qu'il n'a jamais été dans la position de donner une seule leçon de lecture élémentaire, non par incapacité ; mais avec un peu plus d'expérience, il s'y serait pris différemment dans la partie didactique et beaucoup trop brève de son alphabet : ce n'est pas encore de cela que je veux parler. Je passe de suite à la page 37 de son livre : ici donc l'auteur, sans égard à l'âge, et sans distinction du sexe ou de la destination future des enfants, en fait tout d'abord des savants universels de premier ordre, capables, à 7 ou 8 ans, de se présenter à l'Université pour obtenir un grade. Il n'est pas jusqu'à ces pierres tombées du ciel, et qui nous viendraient, au plus près, de la lune, en opposition aux lois que Newton a révélées aux savants, dont l'auteur ne veuille inculquer la croyance à ses élèves (voir page 75, voir aussi page 12 de ma 6.ᵉ classe.) Mais au travers de toutes ces belles et vastes sciences, auxquelles l'auteur consacre les deux tiers de son livre, il affecte de ne pas dire le plus petit mot des vertus civiles, de patriotisme, de fidélité au prince, à son gouvernement, à sa famille. C'est ici qu'il se montre un industriel adroit, qui ne voit autre chose que le débit de sa marchandise. Il ne se contente pas de ce que lui procurera nécessairement la force coercitive de MM. les Inspecteurs sous la coupe desquels se trouvent les instituteurs; il veut encore, et c'est très bien calculé, que son livre n'éprouve aucun refus de la part des éducations privées ou des instituteurs qui, étant indépendants de l'Université, en refuseraient l'admission par suite d'opinion opposée.

Si l'auteur ne tient en rien au gouvernement de Louis-Philippe, s'il n'en a reçu aucun bienfait ; s'il n'a prêté aucun serment, je n'ai point d'observations à lui faire, qu'il use de ses droits tout entiers, mais alors je m'adresserai à M. Rendu, membre du Conseil royal, à la lettre duquel j'ai ici à répondre, et comme il n'est point dans le cas de l'auteur, je le prierai itérativement de dire pourquoi il a donné son approbation à l'Alphabet de l'auteur anonyme en rejetant le mien.

Et à l'Alphabet de *Monseigneur le comte de Paris*, que lui restera-t-il donc ? Ce qui restait à Alexandre partant pour la conquête de l'Asie : l'ESPÉRANCE !

Voici enfin une dernière lettre de M. le Ministre lui-même, à M. Serre :

Paris, le 7 août 1844.

Monsieur ,

J'ai reçu la lettre, en date du 18 juillet dernier, par laquelle, après avoir rappelé celle que vous avez écrite le 1.er du même mois, au sujet de l'alphabet de M. Courtois, dont l'usage n'est pas autorisé dans les écoles primaires, vous demandez si cet ouvrage, ayant subi une modification importante depuis la décision du Conseil royal, ne pourrait pas être admis à un nouvel examen.

J'ai fait connaître à M. Courtois, par une lettre du 28 juin 1844, qu'un ouvrage qui a été l'objet d'une décision du Conseil royal, ne peut être examiné de nouveau, qu'autant qu'il en est présenté une nouvelle édition offrant une différence notable avec la précédente. Si le livre de M. Courtois remplit cette condition, rien ne s'oppose à ce que deux exemplaires de l'édition nouvelle me soient adressés ; ils seront mis sous les yeux du Conseil royal de l'instruction publique.

Vous avez dû recevoir, sous la date du 17 juillet, la réponse à votre lettre du 1.er de ce mois.. Recevez, Monsieur, l'assurance de ma considération.

Le Pair de France, Ministre de l'instruction publique ,

Villemain.

Et voici ma réponse :

Oh ! vous, Monseigneur ! vous, jeune prince, aujourd'hui héritier direct du trône, quand les années vous auront appelé aux pénibles fonctions de la royauté, vous apprendrez peut-être qu'un des ministres du Roi Louis-Philippe, votre auguste aïeul, s'est constamment opposé à ce que votre nom fût connu et béni des jeunes Français admis dans les écoles publiques ; alors vous aurez à suivre un grand exemple qui vous a été légué par un de vos glorieux ancêtres, et vous direz sans doute à l'imitation de Louis XII, surnommé le père du peuple : UN ROI DES FRANÇAIS NE VENGE PAS LES OFFENSES FAITES AU COMTE DE PARIS !

J'hésite ici de faire mention d'une circonstance majeure, la plus extraordinaire de tout ce que j'ai rappelé ; mais comme il s'agit d'un écrit destiné à être public, je vous demande, MESSIEURS, la liberté de m'en abstenir ; seulement, pour ne pas passer ici pour un téméraire, j'ai confié à cet égard, à M. le Maréchal Ministre, président du Conseil, ce que je n'ai osé imprimer ici. Libre à M. le Ministre de faire de mon dépôt l'usage que sa prudence lui suggérera.

Mais puisque M. le Ministre revient encore à des changements que S. E. ne juge jamais à propos d'indiquer, souffrez, MESSIEURS, que je vous expose brièvement le système de tout mon livre, sans que vous soyez dans la nécessité de le parcourir en détail. Après avoir employé des procédés rationnels pour indiquer les différentes valeurs des lettres dont se sert notre orthographe, j'ai recours à une grande et longue progression pratique pour y exercer mes élèves. C'est ainsi qu'à mesure qu'une nouvelle lettre se présente, je cherche à en tirer parti pour former des syllabes propres à composer des mots qui aient un sens plus ou moins significatif ; c'est ainsi aussi que dans ma première classe, qui est consacrée à la connaissance des lettres simples, j'attends l'occasion de pouvoir faire lire à la 13.ᵉ page : *Admirez le mérite rare de la reine Marie-Amélie.* Puis à la page 10 : *l'âge fera passer les jolis visages : la sagesse n'est pas sujette à l'âge.* Dans ma 2.ᵉ classe, consacrée à la combinaison de toutes les lettres simples entre elles, on lit à la page 10 : *Adressez votre prière à l'Être suprême, pratiquez ses préceptes, respectez ses ministres qui les expliquent : c'est l'Être suprême qui a créé et qui règle les astres, de même que notre globe terrestre.*

C'est par la grâce que l'homme créé à son image est capable de suivre ses décrets sublimes et immuables : c'est lui qui après notre mort appliquera le supplice du crime et distribuera le prix de la vertu.

Dans ma 3.ᵉ classe, consacrée aux voyelles doubles dites *nazales*, aussitôt que je suis arrivé à la 6.ᵉ page, je compose les phrases ci-après : *Parlons du comte de Paris dont le nom décore mon livre ; prions le ciel de le combler de ses dons ; dans le nombre brilleront la bonté de Titus et la sagesse de Salomon.*

Espérons donc qu'il concédera à ce noble rejeton de longues années qu'il consacrera à ses compatriotes, lesquels béniront son nom qu'ils conserveront long-temps.

C'est sans doute à cette page que le cœur maternel de Madame la Duchesse d'Orléans a été ému.

De même dans la 4.ᵉ classe, page 17, on lit : *En quelque lieu que vous vous retiriez, au milieu de la nuit comme au milieu du jour, rappelez-vous que du haut des cieux Dieu vous regarde, et qu'il vous est impossible de vous dérober à ses yeux ;* et encore à la page 22 : *La route du vice plaît au premier coup d'œil ; elle paraît couverte de fleurs agréables qui nous attirent par des attraits imposteurs ; mais des serpents affreux et horribles courent sous ces fleurs, et leurs figures nous font verser bien des pleurs amers.*

Dans la 5.ᵉ classe, consacrée aux consonnes doubles, on lit à la page 21 :

LA FAMILLE CHRÉTIENNE. — *Monsieur et Madame Théophile avaient quatre enfants qu'ils élevaient bien chrétiennement. Ces enfants se nommaient Christine, Rhodolphe, Scholastique et Melchior.*

C'était un charme de les entendre réciter leur catéchisme historique. Ils savaient que le Seigneur avait sorti toutes choses du chaos, et qu'il avait créé le chœur des anges, archanges, séraphins et chérubins ; ils savaient aussi qu'il y avait eu vingt patriarches depuis Adam jusqu'à Abraham, et entre autres Seth, Enoch, Mathusalem, Asphaxad, Phaleg, Nachor, et Tharé, père d'Abraham qui naquit en Chaldée.

Dans la 6.ᵉ classe, la première où j'aie pu employer le mot Roi, on lit à la page 5 : *Un bon citoyen doit servir loyalement et de tous ses moyens son roi et sa patrie qu'on ne doit pas séparer. Un bon citoyen est celui qui se conforme joyeusement aux lois de son pays : voilà le moyen de vivre éloigné de toute inquiétude et de mériter l'estime de ses concitoyens.*

Enfin à la dernière et 7.ᵉ classe, (c'est dans cette classe qu'ont dû être employés les caractères de Lyon, et c'est celle qui, pour cette raison, a le plus besoin d'être retouchée), je finis un petit conte de fée que j'ai introduit pour varier un peu, conte qui, dès la première classe, continue progressivement jusqu'à la dernière ; je finis, dis-je, par ce dernier alinéa :

Toute la cour et les habitants des environs qui avaient été prévenus, se rendirent au palais et offrirent leurs hommages à leur nouvelle souveraine, en proclamant qu'ils voyaient tout ce qu'il y a de plus beau sous le ciel, LA SAGESSE UNIE A LA BEAUTÉ ET LA BONTÉ A LA PUISSANCE, *et ce que l'heureuse France est à même d'admirer tous les jours dans la nombreuse et brillante famille royale d'Orléans.*

Et tout mon livre enfin se termine par mes adieux à mes élèves, tels que les voici :

ADIEUX DE L'AUTEUR.

MES JEUNES AMIS, VOILA QUE VOUS SAVEZ LIRE, ET NOUS ALLONS NOUS QUITTER ; POUR MES ADIEUX, J'AI UN DERNIER CONSEIL A VOUS DONNER. N'OUBLIEZ JAMAIS QUE LA SCIENCE NE COMPTE POUR RIEN SANS LA SAGESSE, ET QU'IL N'EST POINT DE SAGESSE SANS LA RELIGION.

Puis j'ai placé en vignettes sur la couverture de mon livre la lithographie de Monseigneur le comte de Paris.

Sans doute, MESSIEURS, dans mon ouvrage il y a bien des choses à reprendre, mais sont-elles de nature à le faire rejeter ? Et dans ce cas pourquoi ne pas me les indiquer ?

C'est ainsi que MM. de l'Université de France, sans vouloir d'abord tenir aucun compte d'une approbation itérativement donnée par leurs illustres devanciers, et fortifiée par d'autres honorables suffrages ; puis ensuite sans respect pour le nom du jeune prince, leur Roi futur, nom qui devait protéger comme il protégera, sans doute, le livre qui en reçoit un si grand lustre ; sans craindre d'offenser une princesse auguste, Arthémise française en deuil, mais heureuse mère de la branche aînée dans notre nouvelle dynastie ; sans vouloir seconder les sollicitudes paternelles du Roi pour l'instruction de la classe populaire ; sans penser à l'honneur qui rejaillit toujours pour l'époque (celle du règne de Louis-Philippe) où surgit un grand perfectionnement dans un art d'une nécessité reconnue universelle ; sans prendre aucun intérêt à l'enfance, dont l'ouvrage était appelé à tarir bien des larmes ; c'est ainsi, dis-je, que MM. de l'Université ont interdit aux écoles publiques l'usage de l'*Alphabet de* Monseigneur le comte de Paris, qui le premier était appelé à faire connaître et chérir aux jeunes générations le nom de l'héritier du trône ; et ils ont prononcé cette interdiction sans se croire obligés de dire leurs motifs : et ils n'ont pas vu que dès-lors, l'opinion de la France attribuerait leur jugement à tout autre cause qu'aux imperfections de l'ouvrage condamné ; imperfections dont l'auteur n'a cessé de solliciter la manifestation ; et ils n'ont pas pensé qu'en lui refusant cette justice, la même opinion leur attribuerait l'intention de différer indéfiniment l'approbation de son livre dont ils craindraient la concurrence pour d'autres livres auxquels ils prendraient un intérêt particulier.

Voilà, Messieurs les Pairs, Messieurs les Députés, ce que je m'étais proposé d'avoir l'honneur de vous soumettre. Si maintenant, il m'était échappé, contre mes intentions les plus pures, quelque chose qui eût eu le malheur de vous déplaire, je vous supplierais de daigner considérer que le pétitionnaire, qui invoque votre haute intervention, est un vieillard solitaire, qui court sa soixante-dix-septième année, dont le cœur a été froissé et les facultés affaiblies par une contrariété inouïe à laquelle il a été en butte depuis bien des années ; vieillard qui a perdu presque entièrement la vue par sa persévérance à suivre un travail excessivement pénible qui date depuis plus loin encore, ce qui l'a réduit à dicter de son lit cette pétition informe et mal digérée, tout à la fois surabondante et incomplète, et qu'il aurait voulu différer encore, s'il eût pu espérer d'en avoir plus tard le temps et la faculté.

Messieurs, je ne puis me décider à formuler aucun vœu, aucune prière ; je crois qu'il est de mon devoir, dans cette circonstance, de m'en référer entièrement à votre haute sagesse, pour la détermination que vous aurez à prendre.

J'ai l'honneur d'être, avec le plus profond respect,

Messieurs les Pairs, Messieurs les Députés,

Votre très-humble et très-obéissant serviteur,

COURTOIS.